1. HERMINE

SCÉNARIO : DANIEL BARDET
DESSIN : ERIC CHABBERT

Glénat

© 1998 Éditions GLÉNAT - BP 177 - 38008 GRENOBLE CEDEX
Tous droits réservés pour tous pays.
Impression et reliure : Pollina s.a., 85400 Luçon - n° 74919
Dépôt légal : juin 1998 - Achevé d'imprimer : juin 1998

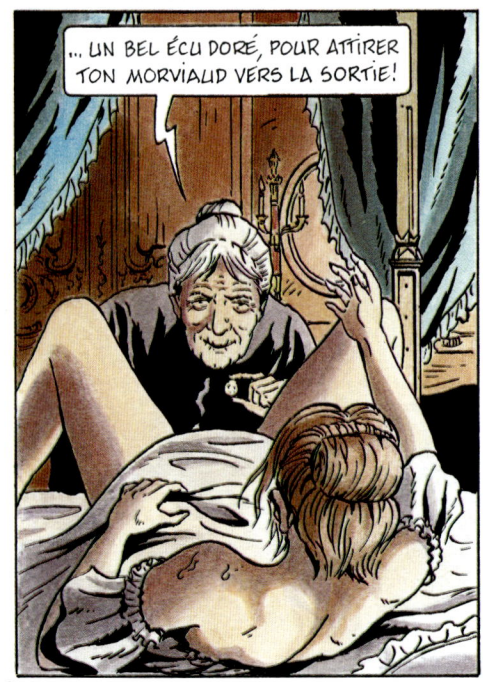

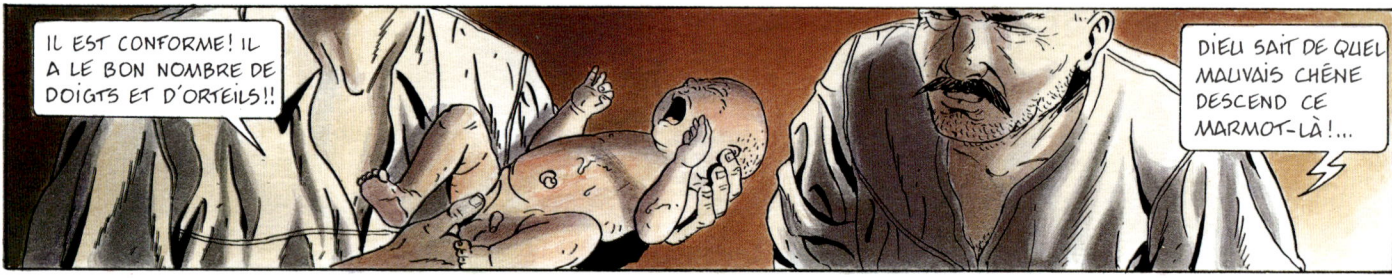

FOU PERDU! TU AS L'AUDACE DE VENIR ICI??

POURQUOI PAS?! AVANT QUE TU NE ME CONDAMNES TA PORTE, J'ÉTAIS LÀ BIEN SOUVENT!!...

ADRIEN! C'ÉTAIT UNE FOLIE! TU DOIS NOUS LAISSER TRANQUILLES! JE TE DONNERAI DE L'ARGENT, TU POURRAS QUITTER LE PAYS!...

AH BON DIEU! TES SOUS!! TOUJOURS LES SOUS!!

BLONDET, N'APPROCHE PAS!! VA-T'EN DE BONNE VOLONTÉ OU BIEN J'APPELLE!!...

CE SERAIT BIEN LA PREMIÈRE FOIS QUE TU LE FERAIS! TU N'OSERAS PAS!! ILS SONT TOUS AU TRAVAIL!

...POURTANT TU AIMAIS BIEN T'Y ROULER, DANS LE PLAISIR! DE LA CAVE AU GRENIER, DANS L'ÉCURIE, À CUISSES OUVERTES TU VOULAIS JOUIR, TOUJOURS PLUS! DIS-LE DONC, SI JE MENS!...

ADRIEN... TU, TU ME FAIS... MAL!

OUIN OUIN!

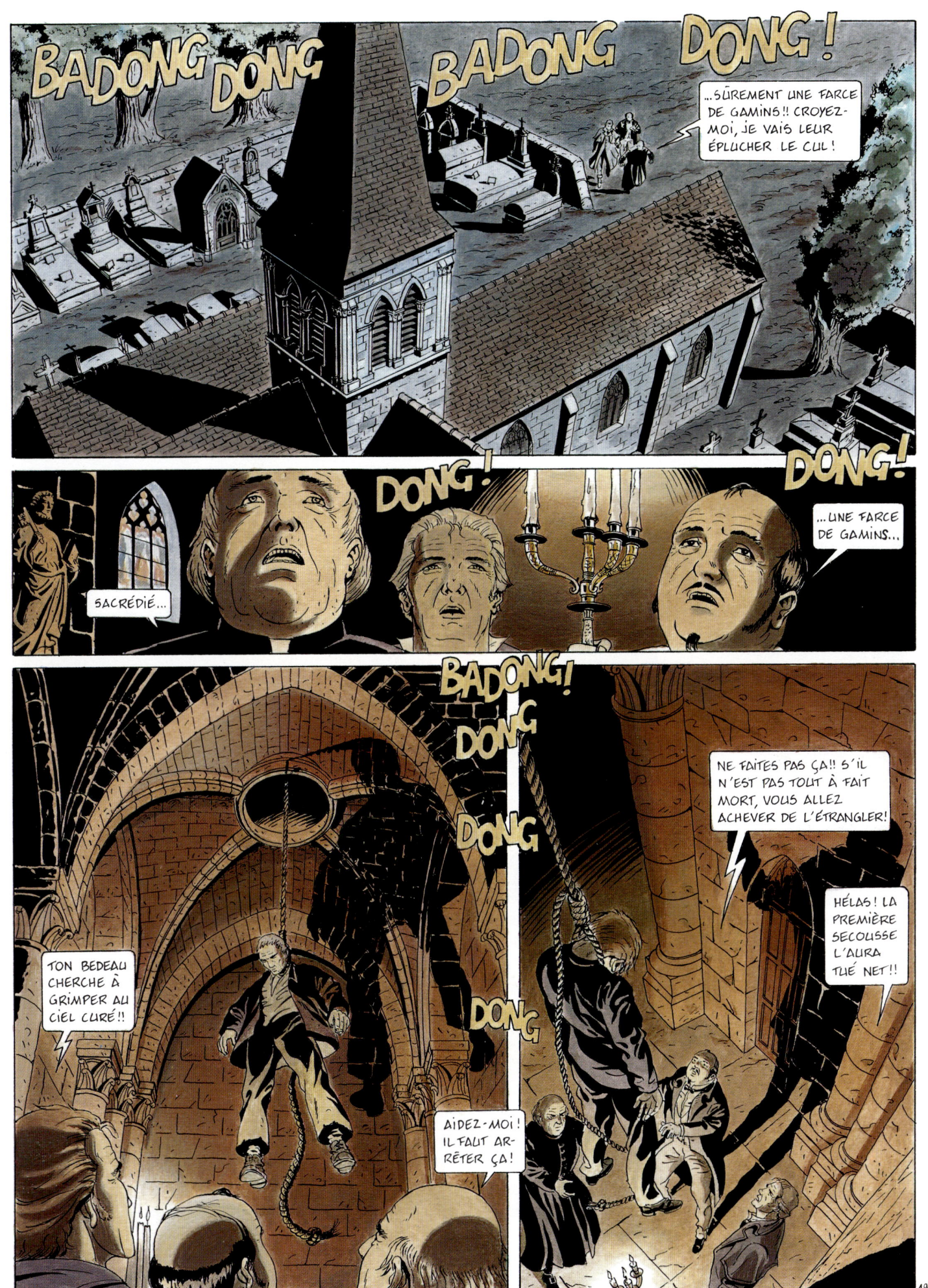

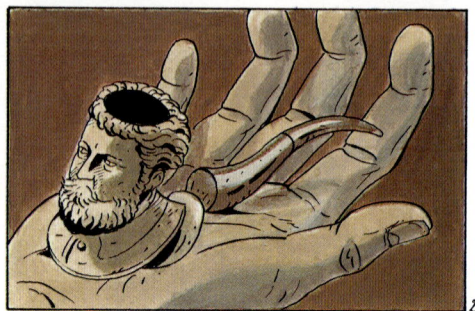